U0038728

屋頂上的祕密

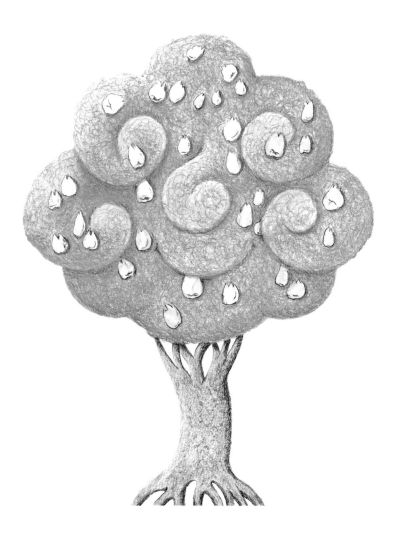

國家圖書館出版品預行編目資料

屋頂上的祕密 / 劉靜娟著;郝洛玟繪.－－二版一
刷.－－臺北市：三民，2015
面；　公分.－－(兒童文學叢書・童話小天
地)

ISBN 978－957－14－3188－8　（精裝）

859.6

© 屋頂上的祕密

著 作 人	劉靜娟
繪 圖 者	郝洛玟
發 行 人	劉振強
著作財產權人	三民書局股份有限公司
發 行 所	三民書局股份有限公司
	地址　臺北市復興北路386號
	電話　(02)25006600
	郵撥帳號　0009998－5
門 市 部	(復北店) 臺北市復興北路386號
	(重南店) 臺北市重慶南路一段61號
出版日期	初版一刷　2000年4月
	二版一刷　2015年8月
編 號	S 854961

行政院新聞局登記證局版臺業字第○二○○號

有著作權・不准侵害

ISBN　978－957－14－3188－8　（精裝）

http://www.sanmin.com.tw　三民網路書店

※本書如有缺頁、破損或裝訂錯誤，請寄回本公司更換。

海闊天空任遨遊

（主編的話）

小時候，功課做累了，常常會有一種疑問：「為什麼課本不能像故事書那麼有趣？」

長大後終於明白，人在沒有壓力的狀況下，學習的能力最強，也就是說在輕鬆的心情下，學習是一件最愉快的事。難怪小孩子都喜歡讀童話，因為童話有趣又吸引人，在沒有考試也不受拘束的心境下，一書在握，天南地北遨遊四處，尤其在如海綿般吸收能力旺盛的少年時代，看過的書，往往過目不忘，所以小時候讀過的童話故事，雖歷經歲月流轉，仍然深留在記憶中，正是最好的證明。

童話是人類智慧的累積，童話故事中，不論以人或以動物為主人翁，大都反映出現實生活，也傳遞了人類內心深處的心理活動。從閱讀中，孩子們因此瞭解到自己與周遭環境的關係。一本好的童話書，不僅有趣同時具有啟發作用，也在童稚的心靈中產生了意想不到的影響。

這些年來，常常回國，也觀察國內童書的書市，發現翻譯自國外的童書偏多，如果我們能有專為孩子們所寫的童話，從我們自己的文化與生活中出發，相信意義必定更大，也更能吸引孩子們閱讀的興趣。

這套《童話小天地》與市面上的童書最大的不同是，作者全是愛好兒童文學，也關心下一代教育的作家，我們都有一個共同的理想，為孩子們寫書，讓孩子們在愉快中學習。

想知道丁伶郎怎麼懂鳥語，又怎麼教人類唱歌嗎？智慧市的市民有多麼糊塗呢？小老虎與小花鹿怎麼變成了好朋友？奇奇的磁鐵鞋掉了怎麼辦？屋頂上的祕密花園種的是什麼？石頭又為什麼不見了？九重葛怎麼會笑？紫貝殼有什麼奇特？……啊，太多有趣的故事了，每一個故事又那麼曲折多變，讓我讀著不僅欲罷不能，還一一進入作者所營造的想像世界，享受著自由飛翔之樂。

感謝三民書局以及與我有共同理想的作家朋友們，我們把心中最美好的創意在此呈現給可愛的讀者。我們也藉此走回童年，把我們對文學的愛、對孩子的關心，全都一股腦兒投入童書。

祝福大家隨著童話的翅膀，遨遊在想像的王國，迎接新的紀元。

作 者 的 話

　　每個孩子在成長過程中都會掉乳牙，成為
「缺牙巴」，愛吃糖、牙齒沒有好好保護的孩子也
不得不去光顧牙醫。

　　看牙醫可不是好玩的，你仰躺在長椅上，「探照燈」對著你給
撐開的大嘴強力照射，醫生再用一些又冷又卡卡做響的機械對著你
的牙齒敲、銼、挖、補。哇，那真真不是好玩的。

　　小威很幸運，他的一顆蛀牙是在打球時自然掉下
來的。這顆幸運的牙齒成為他和弟弟的祕密寶貝，他
們把它種在土裡，小心照顧它，最後使它成為……成
為什麼？你猜不到。

　　這個故事的主角是我兩個兒子。童年期的他們總
有用不完的奇思妙想，兩人常「共謀」做一些不要讓爸媽知道的事
……不過因為憋不住，後來總是會透露給媽媽，而我也很有興味的
欣賞、共享他們的祕密。

　　當然，故事的發展還得加上我這個大人的「胡思亂想」，童話
嘛，當然要加進很多想像力。寫它時，發現自己的童心尚未完全消
逝，還有天馬行空的想像力，真是很愉快。所以我覺得大人應該常
常編童話、寫童話，或至少常常讀童話。這樣，心情和腦筋才不會
僵化，才比較能瞭解小孩子的思想。而小孩如果常常聽童話、讀童
話，腦力自然也會得到開發。土地要墾拓，才能種植各種不同的植
物，人的腦子也得開墾，才能吸收不同的知識啊！

劉靜娟

兒童文學叢書

・童話小天地・

屋頂上的祕密

劉靜娟・文　郝洛玟・圖

三民書局

1. 小威掉了一顆牙齒

　　小威和他的弟弟小吉有一個祕密，一個很特別的祕密。

　　他們在四樓公寓的屋頂花園裡種了一樣從來沒有人種過的東西。

　　屋頂花園是爸爸種花的地方，也是小威兄弟玩耍的地方。屋頂四周圍有鐵欄杆，在花園邊的空地上蹦跳玩耍很安全。

　　爸爸種的都是些矮矮的草本植物，像杜鵑花、三寸石竹、秋海棠、變葉木等等。小吉希望爸爸也種果樹，可是爸爸說屋頂上風大、土又淺，沒法子種果樹。

3

「以後我要發明一種可以種在屋頂上的樹。」上幼稚園大班的小吉常愛說「發明」兩個字。

有一天，小威和小吉在屋頂扔球玩時，小威發現自己一顆要掉不掉的牙齒被球輕輕一碰，掉下來了。

小威很寶貝那顆牙齒，「我要把它留下來做紀念。」

那是一顆蛀牙，有個小洞。

小威拾起一枝尖尖的小草葉，戳戳那個洞，誰知有一個聲音迸出來：「哎喲，好痛！」

兄弟倆吃了一驚，小吉問哥哥：「你要不要帶它去看牙醫？」

小威想到自己躺在牙科醫院的躺椅上、對著牙醫頭上那個「探照燈」的緊張恐懼，想了想，決定自己來照顧掉下來的那顆牙齒。他的眼珠子轉了轉，看到一大盆土，便對弟弟說：「我有一個好主意。這盆土冰冰涼涼的，牙齒一定喜歡，我要把它種在土裡。」

　　弟弟不明白　　　哥哥在說什麼。

　　小威說:「媽媽說過她小時候換牙,如果掉的是上排牙齒,就把它丟到床底下,下排牙齒,就扔到屋頂上,以後新牙才長得整齊。現在我把牙齒種在屋頂上的花盆裡,我的新牙會長得更好。」

　　弟弟明白了，很開心的笑，
「以後這顆牙齒長成一棵牙樹，
上面會結好多牙齒。」

　　小威也很開心，「對啊，怎麼從來沒有人
想到種牙齒呢？等我們有了牙樹，誰牙齒掉
了，就送他一顆去補上。」

可是小吉有些不放心，
「哥，你這顆牙齒蛀了一個
小洞，以後長出來的
牙齒是不是也會有
小洞洞？」

「不會，你看
隔壁丁媽媽好多
白頭髮，她生
出來的小娃娃
頭髮是黑的，
一根白的也
沒有。」

小威是很
權威的，
他已經上
小學了。

8

於是小威和小吉很慎重的把那顆小牙種進土裡。他們約定不要把這件事告訴任何人，他們要等牙樹長大、結牙齒時才教所有的人大吃一驚。這就是他們的祕密。

9

　　小威和小吉變得很勤快，每天早晨再也不需要媽媽又催又叫，就自動起床，到屋頂去給那顆特別的「種子」澆水。

　　不過三天，土裡冒出兩片小小的芽來。

　　那小芽很嬌嫩，小威兄弟怕傷了它，總是用噴霧器澆它。水噴出來，細細的勻勻的，像一面水網，也像霧，輕輕的布在小芽上。

　　陽光太強時，他們用報紙蓋著它。

　　那棵牙樹長得很快，才一個月，已長到小威的肩膀那麼高了。

　　現在麻煩來啦，屋頂上的風的確是太大了一點。尤其這棵牙樹比旁邊的花都高，每次風伯伯來，就喜歡對著它又吹又笑，使得它歪向左邊，又歪向右邊。要不是它緊緊的咬著「牙」，說不定會被吹倒呢。

　　有一次，風伯伯又圍著牙樹轉圈圈，小威求他，「風伯伯，請你不要吹這棵樹好不好？它快撐不住啦！」

　　風說:「呼 —— 我不是轟伯伯。如果我是轟伯伯，你這棵 —— 樹 —— 早沒命啦。」

　　「那麼你是誰呢？」小吉問。

　　「我是 —— 呼 —— 轟小弟。」

　　「轟小弟？瘋小弟？」小吉笑起來。

　　「你笑什麼？」

　　「哦，沒、沒有。我只是覺得你的國語不大標準，把『風』說成『轟』了。」

　　「那是因為我掉了兩顆大門牙，有一次夜裡撞上了鋼架掉的。呼 —— 都市裡的鋼架真多。你們人類真愛蓋大樓。」

13

小威兄弟聽到風小弟掉了牙齒，高興得不得了，趕緊跟他說明這棵樹的「品種」和「用途」。怕他不明白，小威又說：「你也來愛護這棵樹，以後它結了牙齒，送你兩顆補上。」

　　風小弟很感興趣，「那麼，以後我講話就不會漏『轟』了？」

　　「對，不會漏風，可以講很標準的國語。」

　　風小弟很高興，以後經過這個屋頂花園時，就飛得慢一點柔一點。

　　還躡手躡腳仔細觀察牙齒長出來了沒。每次他都有些失望，「呼——還沒長呢。」

小吉也心急，向哥哥說：「爸爸種的三寸石竹早就開花了，我們這棵樹怎麼還不開花呢？」

「因為那是三寸石竹，長三寸就是大人了，我們這棵樹還是小孩。」

話雖這麼說，小威和弟弟一樣心急。他懷疑這棵樹是不是營養不夠。對，一定是缺少鈣，小孩缺少鈣，牙齒長不好，身上的骨頭也長不好。

「以後我們把鈣片磨成粉，加在水裡給它吃。」

弟弟的眼睛發亮，「也給它吃魚肝油。」

小威很興奮，「也給它牛奶和雞蛋。這些營養，小孩通通要。」

他們早晨給牙樹吃鈣水，傍晚吃一滴魚肝油。至於牛奶和雞蛋，他們把喝剩的牛奶滴在媽媽煎蛋丟掉的空蛋殼裡，把它們扣在土上面，奶水和蛋白慢慢就滲進土裡了。

因為營養豐富，牙樹越長越好看。葉子又圓又厚又綠，好像打了亮光蠟，樹幹更是又直又強壯，快有一個大人那麼高了。也因為長得健康，牙樹快樂又活潑。風小弟過來探望時，每片葉子都又點頭、又微笑、又拍手，拍得一樹嘩啦嘩啦的。

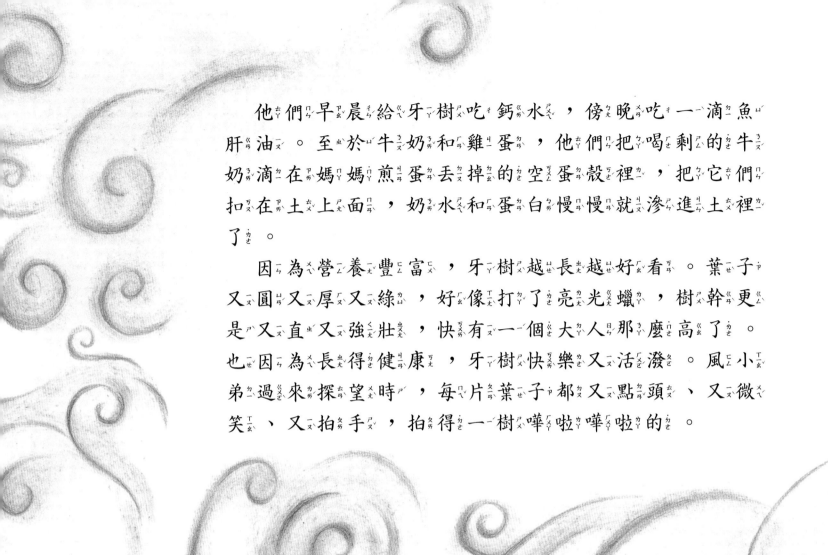

2. 誰在屋頂上說「西！西一—」

　　後來小威在一本書上讀到：植物是有感情的。你對它好，它長得好；跟它說話，它會長得更好。

　　小威告訴弟弟，「書上說，科學家把兩盆花擺在屋裡，用儀器接在花枝上測量它們的波動，像測量人的心跳那樣，然後叫一個人進去掐死其中一棵。後來，活著的那棵看到那個人走進屋裡，就會發抖呢。它看到凶手會害怕。」

　　弟弟說：「那麼牙樹一定喜歡我們。我們是它的好朋友。」

　　好朋友是要一起玩的，也一起聊天，以後，兄弟倆放學回家，就去跟牙樹說話。

　　小ㄒㄧㄠ威ㄨㄟ跟ㄍㄣ牙ㄧㄚ樹ㄕㄨ說ㄕㄨㄛ：「今ㄐㄧㄣ天ㄊㄧㄢ老ㄌㄠ師ㄕ叫ㄐㄧㄠ我ㄨㄛ和ㄏㄜ另ㄌㄧㄥ外ㄨㄞ四ㄙ個ㄍㄜ小ㄒㄧㄠ朋ㄆㄥ友ㄧㄡ布ㄅㄨ置ㄓ教ㄐㄧㄠ室ㄕ。我ㄨㄛ們ㄇㄣ畫ㄏㄨㄚ了ㄌㄜ很ㄏㄣ多ㄉㄨㄛ恐ㄎㄨㄥ龍ㄌㄨㄥ、很ㄏㄣ多ㄉㄨㄛ超ㄔㄠ人ㄖㄣ，我ㄨㄛ還ㄏㄞ把ㄅㄚ你ㄋㄧ畫ㄏㄨㄚ進ㄐㄧㄣ去ㄑㄩ。」

　　小ㄒㄧㄠ吉ㄐㄧ向ㄒㄧㄤ牙ㄧㄚ樹ㄕㄨ說ㄕㄨㄛ：「我ㄨㄛ今ㄐㄧㄣ天ㄊㄧㄢ很ㄏㄣ乖ㄍㄨㄞ，老ㄌㄠ師ㄕ給ㄍㄟ我ㄨㄛ一ㄧ隻ㄓ鴨ㄧㄚ子ㄗ。嘻ㄒㄧ嘻ㄒㄧ，不ㄅㄨ是ㄕ真ㄓㄣ鴨ㄧㄚ子ㄗ，紙ㄓ剪ㄐㄧㄢ的ㄉㄜ啦ㄌㄚ。」

　　有ㄧㄡ時ㄕ是ㄕ：「我ㄨㄛ今ㄐㄧㄣ天ㄊㄧㄢ玩ㄨㄢ水ㄕㄨㄟ，把ㄅㄚ地ㄉㄧ板ㄅㄢ都ㄉㄡ弄ㄋㄨㄥ溼ㄕ了ㄌㄜ，媽ㄇㄚ媽ㄇㄚ很ㄏㄣ生ㄕㄥ氣ㄑㄧ。」或ㄏㄨㄛ者ㄓㄜ是ㄕ：「我ㄨㄛ和ㄏㄜ張ㄓㄤ偉ㄨㄟ吵ㄔㄠ架ㄐㄧㄚ，他ㄊㄚ撕ㄙ破ㄆㄛ了ㄌㄜ我ㄨㄛ的ㄉㄜ故ㄍㄨ事ㄕ書ㄕㄨ。」

　　牙ㄧㄚ樹ㄕㄨ聽ㄊㄧㄥ著ㄓㄜ他ㄊㄚ們ㄇㄣ說ㄕㄨㄛ話ㄏㄨㄚ，沒ㄇㄟ有ㄧㄡ回ㄏㄨㄟ答ㄉㄚ，只ㄓ是ㄕ點ㄉㄧㄢ點ㄉㄧㄢ頭ㄊㄡ，只ㄓ是ㄕ呼ㄏㄨ呼ㄏㄨ笑ㄒㄧㄠ。

可是有一天晚上，奇怪的事發生了！

小威和小吉躺在床上，聽到一種聲音。

西！西 —— 西！西 ——

那聲音像一條絲線，有時拉得長長的，有時只拉一點點就斷了。

「鬼！」白天他們喜歡大叫一聲「鬼！快跑！」來嚇自己也嚇別人，現在是黑漆漆的晚上，他們趕緊用毯子蒙住頭。

過了一會兒，他們一點一點的拉下毯子，提起勇氣傾聽。

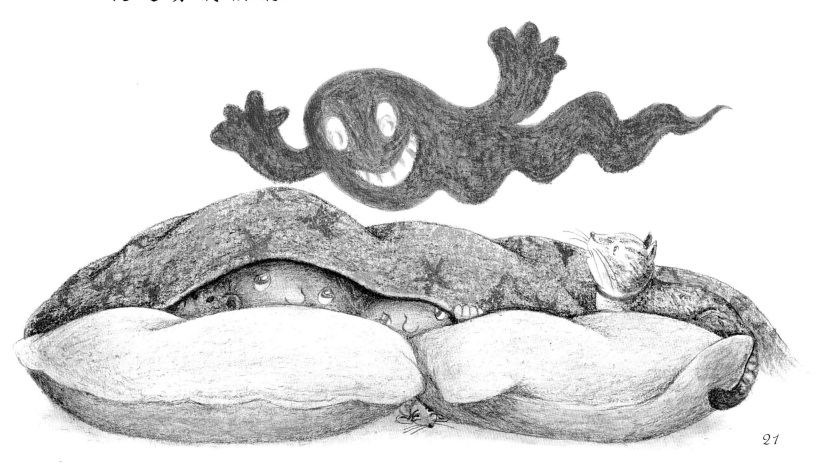

西！西 —— 西！西 ——

小威說：「我知道了，是白蟻，白蟻在吃木櫃。」

話才說完，他們又聽到一陣很急切的聲音 ——

帥帥帥帥帥帥……

那聲音好響亮，聽來不像來自衣櫃，甚至不像來自臥室。

「聲音從屋頂傳下來的。」小威像神探那樣做了結論。

小威他們住的這棟公寓與隔壁的公寓中間有個方方的天井。有天井，房子裡的陽光比較充足，空氣比較流通。也因此，屋頂上的聲音「碰」到了天井的四面牆，有了回聲，更加響亮。

屋頂上有什麼會說話的動物嗎？突然，他們明白過來 ——

「牙樹常聽我們說話，也會發出聲音了！」

小旅鼠阿貝

23

第二天早上，小威和小吉還沒來得及洗臉，就先跑上屋頂，去跟牙樹說：「恭喜，你會說話了！」「你的聲音好有力、好響亮！」

樹只微微笑著。

「你真是一棵充滿了很多驚奇的祕密樹。你是一個大祕密。」

樹仍然不說話，既不說「西」也不說「帥」。

只在夜裡，小威兄弟上床了，它才自個兒說話，說「帥帥」說「西西」。它的聲音有高有低，有長有短，有粗有細。所以小威跟弟弟說：「它是在唱歌呢，它是一棵快樂的樹。」

小吉說：「它說帥帥帥，是說自己長得很帥。」

3. 拉小提琴的蟋蟀

　　有一晚，他們聽到牙樹唱出第一個音，便悄悄的上樓梯，到屋頂。可是他們一靠近，樹就閉上嘴巴；一走開，它又唱了。他們互相以食指做個「噓，不要出聲」的動作，再躡手躡腳的靠過去。哈，這回他們聽分明了，甚至看見了。

　　看見了月光下有一隻蟋蟀！那蟋蟀還鬼頭鬼腦的張望著呢。

　　小威笑著，「哈哈，蟋蟀，原來是你！是你每天晚上在唱帥帥唱西西。」

　　蟋蟀整個身子探出小土洞，生氣的說：「我是蟋蟀，蟋蟀就是我！堂堂蟋蟀我唱西西帥帥有什麼好笑的！而且，我的小提琴拉得多麼好，我是屋頂上的提琴手，而且……」

小吉奇怪著，「你怎麼會跑到公寓的屋頂上來拉提琴呢？你是飛上來的還是爬上來的？」

「我也不知道怎麼上來的。幾天前的晚上，我從我的小屋爬出來拉提琴，才要調音呢，忽然發現世界改變了。我本來是住在一個很大的絲瓜棚架下的，瓜棚旁邊有三棵大樹。秋天了，絲瓜藤都乾了，我心裡原在打算著選個好日子搬家，誰知道我還沒來得及和左鄰右舍打招呼，那天晚上忽然發現我在一個很陌生的地方。樹不見了，瓜棚不見了，而且，好像星星和月亮離我更近了，星星在我頭上拚命眨眼睛，害我睡不好覺。而且風好大，很冷。而且有一片水泥砌的地，而且……」

小威打斷他一次又一次的「而且」，「我知道了。上星期我爸爸買了一小車的土，正好是那瓜棚架下的土，你就被工人連你的家一起搬上來了。」

小吉說：「可是你應該在那邊花壇裡呀。新來的土都倒進那兒的，你怎會在這棵樹下呢？」

蟋蟀說：「西西，
我很寂寞。寂寞，
你知道嗎？就是沒有朋友、
沒有鄰居。而且我很害怕，
而且我看這棵樹也還和氣，
我想拉提琴給它聽，交個朋友，
所以，我就搬到這邊來了。」
想想他又說：「而且，頭上有棵樹，
睡覺也不怕星星亂眨眼睛。」

29

　　小威和小吉互相看一眼，決定和蟋蟀分享他們的祕密。他們告訴蟋蟀他交上的這位朋友是一棵非常特別的樹，它喝牛奶、吃雞蛋，以後會長出……

　　「牙齒！」還沒講完，蟋蟀就說出來。

　　兄弟倆嚇一跳，「你怎麼知道？」

　　蟋蟀說：「蚯蚓告訴我的。他『古時候』就住在這盆土裡了，在你們種牙齒前。」

　　蟋蟀說蚯蚓幫著鬆土，牙樹才能吸收兄弟倆給它的養分，才長得這麼好。

　　「而且，我可以告訴你們一個祕密。」

　　「什麼祕密？」

　　「牙樹快開花了，而且，它開的花會很美麗，很帥帥帥帥，很香很甜。」

　　蟋蟀果然是個很好的「地下工作人員」，牠的情報很正確，過兩天，牙樹開始出現花苞了，而且很快就綻放成一朵一朵小花。花，正像蟋蟀說的，很美很帥，有各種顏色，紅黃藍白紫褐金，還有五彩的、撒金點的、條紋的、花瓣中有心形圖案的。

　　小威兄弟好開心，更加努力對牙樹唱歌、說話。蚯蚓害羞，一直不露面，也努力的鬆土。蟋蟀更高興，每天晚上很陶醉的拉他的小提琴。

小威的爸媽不知道屋頂上的祕密，卻也很快樂，他們說：「辛苦有了代價。種了花草，有個空中花園，居然還可以享受蟋蟀的歌聲和自然的聲音呢！」

　　還有鳥的歌唱，還有蝴蝶和蜜蜂，牠們有很靈敏的「雷達鼻」，居然在有著汽車和摩托車氣味的都市上空中找到了這棵牙樹。

　　牠們圍著彩色的花跳舞、傳花粉、吸花汁。

然後，小花萎縮了，果子露出來了，是一顆一顆小小的果子。

　　每天，小威、小吉和蟋蟀研究著它們會是怎樣的牙齒。比較大的，他們猜它會長成臼齒；比較尖的，會長成犬齒；比較扁的，當然是門牙了。

　　風小弟也常常過來探望，他說：「我們轟最容易被鋼架碰斷的就是門牙了，我希望門牙結多一點。」

4. 大門牙不歡迎蚯蚓

可是他們全猜錯了。

連著三天假期，小威和小吉到奶奶家去玩。等到他們回到了四樓公寓的家，迫不及待的去看牙樹時，他們吃驚的瞪大了眼睛。

他們看到了什麼？

一樹蛀牙？

不是。

一樹白白的、健康的牙齒？

也不是。

一樹臼齒，一樹犬齒，或者全部是風小弟最想要的門牙？

也不是。

那麼當然是一樹有各種顏色的、有條紋的、有撒金點的牙齒了？

幸好也不是。如果滿嘴裝彩色牙，那不成了外太空來的怪物嗎？

讓我告訴你吧。小威種下去的那顆牙齒不是蛀了一個小洞嗎？他愛吃糖，又不肯認真刷牙，牙齒才蛀的。所以囉，他的牙齒洞中有很多糖「種子」。

所以，那棵充滿了很多祕密的祕密樹長出來的當然是——

糖果！

各種顏色的糖。

紅色的草莓糖、黃色的橘子糖、白色的牛奶糖、褐色的巧克力糖、撒金點的牛軋糖、條紋的薄荷糖、有心形圖案的情人糖。

當然，還有小威最愛的口香糖，以及中間有個圓孔、吹起來嗶嗶響的哨子糖。

兄弟倆不敢相信自己的眼睛，他們問蟋蟀，「我們不在家的這三天，發生了什麼變化？」

「什麼變化也沒有。只是這些牙齒一天一天長大，而且長得這樣奇形怪狀，而且，都比你們的牙齒大十倍。而且……」

「別而且而且了，它們不是牙齒，它們是糖！」小威打斷蟋蟀的話。

看起來像糖，吃起來也許不是。他們小心的各自摘下一顆，小心的舔舔看。

真的是糖。

各種口味的糖果。

42

　　這棵牙樹，不，糖果樹再也不是一棵祕密樹了。它變成附近小朋友都愛的「奇妙的糖果樹」。

　　糖果樹讓小威和小吉結交了更多的朋友。他們常請同學來吃糖。而且要親自摘。

　　想吃巧克力，請摘巧克力糖。

　　想吃牛軋糖，就摘牛軋糖。

　　想吃草莓糖，就摘草莓糖。

不過，這棵奇妙的樹還是保有一個祕密。那祕密使每一個吃糖的小朋友先是一驚，然後大笑。

那就是當你咬糖果時，它會發出聲音。

西西 —— 西！

或者：

帥帥 —— 帥帥 ——

或者像拉提琴那樣：

西西帥帥，蟋蟀 —— 蟋蟀。

還有一個更大的祕密。

有一天，小吉發現樹上葉子特別密的地方藏著一顆米黃色的牛奶糖，已長到像棒球手套那麼大了。仔細看看，不是糖，倒真像一顆堅硬的大門牙。

　　正好風小弟來了，小吉便建議他拿它來補牙。風小弟說只有一顆，他不要。

　　他也喜歡甜甜的糖。他摘了一大把中間有洞的哨子糖，黏在他掉了兩顆門牙的牙床上。現在他在天空飛時，嘴裡會嘘嘘或嗶嗶直響，像吹哨子，他很喜歡。

　　等哨子糖化掉，吃進肚子裡了，風小弟就再來補「牙」。反正他常常來，方便得很。

風小弟不要那顆大門牙，小朋友們也不要，所以它便留在樹上一直長、一直長……，長到垂到地上，長到樹枝手臂痠痛得沒有法子拉住它，它才離了枝，站在地上，不再長。

它現在有多大呢？這麼說吧，那顆特大號的門牙和小威掉下的小門牙一樣，有一個洞。光是那個洞，就可以躲進三個小孩子。平常，只有小威小吉進洞時，他們就趴在洞裡下象棋、說故事、畫「超人大戰霹靂鳥」，甚至睡個午覺。

夜裡，蟋蟀喜歡蹦跳進洞裡拉小提琴、唱歌，或者抬頭望明月，低頭想念他絲瓜棚下的「故鄉」。

大門牙唯一不歡迎的是蚯蚓。蚯蚓現在習慣了人類和鳥雀，不再那麼害羞，有時會爬出來「遠足」。可是他在門牙的大洞裡又爬又鑽時，大門牙會大聲呻吟，「哎喲！哎喲！」一面叫一面搖，像地震那樣。它也不歡迎小威兄弟在洞裡拍球，每拍一下，它就叫一聲：「痛！」

　　小吉還說有一回聽見它說：「哎喲，我以後會好好刷牙了。」而且那聲音很像哥哥的。

　　可是哥哥不相信，說弟弟在說夢話，然後他偷偷的到浴室裡，很認真的開始刷牙。

　　左三下，右三下，上下轉一圈……

寫書的人

劉靜娟

　　劉靜娟從小愛聽故事，愛看童話書，也愛自己編故事，不知不覺中，練出了組織文字的能力；所以寫作文，不會像別的小朋友那般痛苦。

　　長大後，閱讀和創作仍是她最大的興趣。她經常在報上發表文章，後來還去做副刊的編輯工作。三十多年來，她已出版十數本書，得過幾個文藝獎。出版的書包括：《載走的和載不走的》、《歲月就像一個球》、《咱們公開來偷聽》、《被一隻狗撿到》等等。

　　其中《歲月就像一個球》是她兩個兒子童年的真實寫照，也是她自己非常「寵愛」的一本書。孩子的語言有趣，思想有創意，常給她很多啟發——能帶給她啟發的不只是自己的孩子，所以她常說孩子是天生的哲學家。

畫畫的人

郝洛玫

　　總是笑咪咪的郝洛玫，朋友們都暱稱她「郝媽媽」，而她也確實是個好媽媽。她的兩個女兒一直是她最忠實的支持者，她喜歡和她們一起「胡說八道」，一起笑得「亂七八糟」。

　　郝媽媽從小就愛畫畫，長大後，讀書、工作都和畫畫有關，而且她最愛創作兒童圖畫書。她認為畫畫最大的快樂在於，可以用圖畫表達出自己的想法，讓大家和她一起進入想像的世界裡飛翔。

　　曾獲《國語日報》「牧笛獎」肯定的郝媽媽，現在最希望做的事是，能輕鬆自在、認真的畫出自己和孩子都愛看的圖畫書。